KB110396

치유의 섬—만다라

치유의 섬, 만다라

bohyun mandala

초판 1쇄 인쇄   2019년 6월 20일
초판 1쇄 발행   2019년 6월 27일

지은이   민보현
펴낸이   남배현

기획   모지희
책임편집   박석동

펴낸곳   모과나무
등록   2006년 12월 18일 (제300-2009-166호)
주소   서울시 종로구 종로19, A동 1501호
전화   02-725-7011
전송   02-732-7019
전자우편   mogwabooks@hanmail.net

디자인   동경작업실

ISBN   979-11-87280-37-8 (03810)

이 책의 판권은 지은이와 모과나무에 있습니다.
이 책 내용의 일부 또는 전부를 재사용하려면
반드시 저작권자와 모과나무의 서면동의를 받아야 합니다.
모과나무는 (주)법보신문사의 출판브랜드입니다.

이 도서의 국립중앙도서관 출판예정도서목록(CIP)은
서지정보유통지원시스템 홈페이지(http://seoji.nl.go.kr)와
국가자료공동목록시스템(http://www.nl.go.kr/kolisnet)에서
이용하실 수 있습니다.(CIP제어번호: CIP2019022580)

모과
나무 지혜의 향기로 마음과 마음을 잇습니다.

치유의 섬, 만다라

bohyun mandala

민보현 지음

마음
자아
이별
아픔
고통
치유
인생
기쁨
행복
미래

머리글

그리움은 글이 되고,
사랑은 그림이 되었다

남편을 떠나 보낸 지 삼 년이다. 누구나 그렇듯이 이별의 아픔은 나를 오랫동안 덮쳤고 홀로서기에는 너무나 버거웠다. 누구나 한 번 태어나 죽음을 맞이하고, 그 시기가 내게는 조금 빨리 왔을 뿐이라고 애써 위안하지만 어둠의 터널을 쉽게 빠져 나오지 못했다. 날이 따뜻하면 따뜻해서, 찬 바람이 불면 차가워서 그를 잊지 못했다.

오랫동안, 그것도 아주 오래 병상에 있었고 병수발을 들면서 지치기도 했지만 막상 떠나 보내고는 함께하는 동안 부족하게 한 것은 없었는지 다시금 살펴보며 사무친 가슴 안에 그리움이 더 깊었다. 미안하다고, 사랑한다고 하며 다시 태어나도 나와 결혼하고 싶다는 말 건네주고 간 당신.

매일 눈물을 흘렸고, 정신 나간 사람처럼 멍한 시간이 늘었다. 뭔가라도 하지 않으면 내 삶이 그대로 망가질 것 같았다. 이때부터 새벽 예불과 명상으로 몸과 마음을 다스렸고, 이때 떠오른 생각을 형상화한 만다라를 그리기 시작했다. 만다라는 우주의 진리를 표현한 것이다. 원래는 '본질을 소유한 것'이라는 의미였으나, 밀교에서는 깨달음의 경지를 도형화한 것을 일컬었다. 좌우상하 또는 각 방향에서 대칭되는 것이 특징이다.

전문 수행자이거나 특정 아티스트만이 그리는 것이 아니다. 누구나 만다라를 그릴 수 있다. 자신의 영감을 표현할 수 있다. 나 또한 그렇게 시작했다. 새벽에 일어나 부처님을 예경하고 호흡을 가다듬으며 떠오른 그때의 상념을 그림으로 표현했다. 또 그때의 상념을 글로 기록했다. 그림을 그리며 떠오른 감상을 적은 것도 있다. 그림을 그린 뒤에 다시 그 그림을 보며 떠오른 감상을 적은 것도 있다. 글이 그림이 되고 다시 그림은 글이 되면서 먼저 떠나 보낸 남편과 이어져 있었다.

그리움은 글이 되고, 사랑은 그림이 되었다. 누구나 행복한 삶을 꿈꾸며 아등바등 살지만 아이러니하게 아등바등한 삶은 행복으로 이어지지 않는다. 나는 글과 그림을 통해 내 삶을 다시 찬찬히 들여다보기 시작했다. 어떤 때에 웃고, 어떤 때에 울고, 또 어떤 때에 화내고 성질내는지. 움직임 하나하나, 숨소리 하나하나에 집중하면서 내 삶을 객관적으로 들여다볼 수 있었다. 그렇게 내 삶은 조금씩 눈물 속에서 치유를 향해 걷기 시작했고, 조금씩 달라지기 시작했다. 이 책을 통해 독자들도 자신의 삶을 들여다보고 조금씩 달라졌으면 하는 바람이 있다. 뭐 대단한 게 그려져 있고, 훌륭한 글이 있다고 하는 게 아니다. 글보다는 그림을 보며 자신의 느낌을 정리하는 시간을 가지고, 또 곁들여 글을 통해 떠오른 감상을 자신의 그림으로 표현해보는 것도 좋겠다.

그러다가 이 책을 덮고 조용히 자신의 삶을 반조하는 시간을 가져보시라. 그리고 가만히 그림을 그려보시라. 그러다가 여력이 되면 그 감상을 글로 정리해보시라. 조금씩 삶이 달라지기 시작할 것이다.

2019년 일찍 찾아온 여름에
민보현

차례

머리글 — 그리움은 글이 되고, 사랑은 그림이 되었다

1부 — 숨 고르며

1부 | 숨 고르며

삶은
기적이다

고통과 저항
불안과 두려움

내 몸에서
내 정신에서
내면의 소리에서
경험하고 느꼈던 것들
잠깐 멈춰서
이 순간을 기꺼이 받아들인다

온전히 받아들이면
허락된 자연스러움
삶에서 깨어난다
스스로 믿음이 충만해진다

이것을 알아간다는 것은
축복이고 기적이다
하루하루가 기적이다

남
눈

남 눈 의식하며
꽁꽁 묶어놓았던 감정의 끈
꽉 막힌 작은 숨구멍
이제 남 눈 의식하지 않고
그냥 내버려두어야겠다

날카로운 고통으로
쓰리고 아팠던 감각들을
덮어두지 말고 펼쳐서
격려하고 받아들여야겠다

외면도
저항도
방어도 하지 않은 채로

거친 파도에
내 몸의 감각들을
허락해야겠다

습
관

나에게 다가오는 불안과 혼동을
기꺼이 받아들이고 허락하려 한다

몸과 마음이 느끼는 그 무엇을
가까이 다가가 내적 경험을 준비하려 한다

삶의 여정에서 만나는 생각과 느낌을
가만 가만 알아차리려 한다

요동치는 떨림과 특정한 경험들을
습관적으로 단절하지 않으려 한다

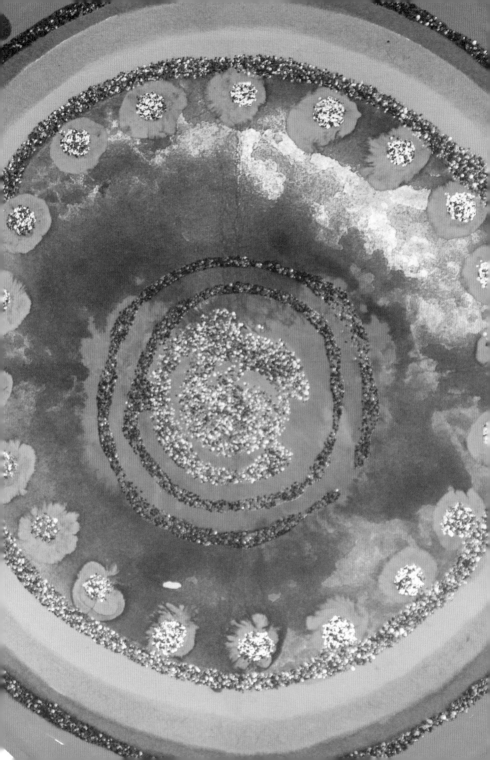

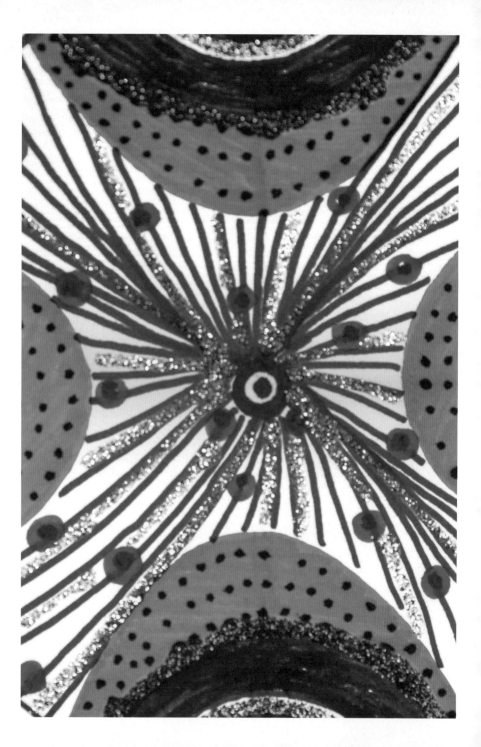

두려움을
마중하며

분노하고 두려워하는
늑대에게는
더 이상 먹이를
주지 않는다고 했다

하지만
지금 내가 만나는 온갖 두려움은
충분히 정상적이며
이 또한 내 삶이리라

소소한
즐거움

사람들은 '나'라고 하며 집착한다
타인과 다른 '나'의 존재가 영원할거라 한다
'내 생각'과 '내 것'을 강조하며
이것을 위해 애쓰며 살아간다
잘난 체, 아는 체, 많이 가진 체하며
집착하는 욕망을 키워나간다

남에게 피해를 입히는 것도 아니고
욕망을 키우는 것이 죄인가, 되묻는다
욕망이 발전의 원동력이라, 목소리 높인다
'나'를 앞세운 욕망이 크면 클수록
괴로움과 고통의 크기 또한 커지기 마련이지

'나'를 버리고 낮아지면
성스러움이 가득해지기 마련이지
이것이 소소한 즐거움이다

마음 길들이기

너무 상심하지 마라!
커다란 전환과 변화의 과정이 곧 시작됨을 뜻하니

너무 걱정하지 마라!
최악이 아닌 최선으로 다가 오는 것이니

너무 두려워하지 마라!
눅눅한 찌꺼기를 털어내고 새롭게 깨어나기 위함이니

너무 애쓰지 마라!
지금부터는 본격적인 치유가 시작될 것이니

설
렘

간단하면서도 선명한 표현은
분명한 형태를 잡는 데 매우 적합하다
밝은 기운을 담은 핑크 컬러로
봄이 세상을 설레게 하는 것처럼

몸이 부서질 정도로 힘든 순간과
언제 그랬냐는 듯이 가뿐해지는 순간은
서로 연결되어 찾아온다

두 마음을 자유로이 넘나들며
인생이라고 쓰고
설렘이라고 읽는다

귓속말을 하여도
마치 아무 일 없는 것처럼

없는 것이 보인다 하여도
마치 아무 일 없는 것처럼

손가락질하며 놀려도
마치 아무 일 없는 것처럼

어떠한 길을 선택하여도
마치 아무 일 없는 것처럼

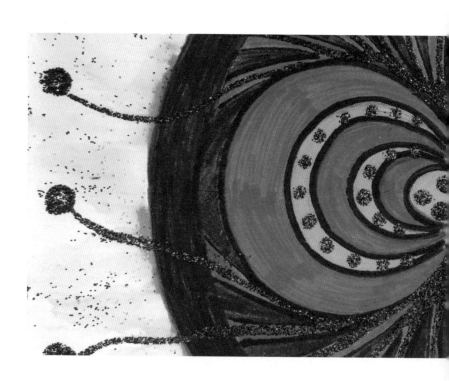

마치
아무 일
없는
것처럼

그
림
자

마음이 지치고 나약해질 때
사람들은 남들보다 우월해보이려 하고,
지배적인 위치에 서려고 한다
자신의 신념이 드러나는 것이다
신념이라는 이름으로 자기존재를 설명하려 하지만
신념은 잡을 수 없는 그림자가 되고 만다
그림자가 되어버린 비현실적인 신념은
밖으로 찾아 해매는 것과 같다
진짜는 내 안에서 반짝이고 있다

마음이 지치고 나약해질 때
지치고 나약해진 자신을 알아차려야 한다
스스로 위로하고 용기를 주어야 한다
있는 그대로 받아들이는 것이 알아차림이고
위로이며 용기를 주는 것이다

내려놓아라
그냥 내려놓아라

바람에게

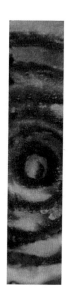

바람에게 말을 걸어보았네

무엇이 내 안에 꿈틀거리며
내 몸뚱이를 자유자제로 이끄는지를

구름에게도 말을 걸어보았네

내 안에 꿈틀거리는 근원적 힘을
송두리째 너에게 내주고
숨통을 겨우 이어갈 수 있었음을
너는 알고 있었는지를

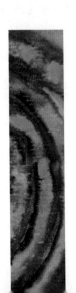

평화로움

집착과 욕심에서 자유로워진 순간을 만난다
내 의지와 무관하게
어떠한 집착도 허용되지 않는구나
몸 따로 마음 따로
제각기 움직이는 모습은 옛일이 되었다

기쁨과 행복, 슬픔과 좌절, 분노와 억울함……
시시각각 변하는 봄바람이 이 모든 것을 정화시켜주었다
삼라만상의 아름다운 질서 속에서
내 영혼의 평화로움을 만난다
삶의 여정 속에서 느끼지 못했던 평온함을 만난다

지금 여기, 아름다운 곳에 머물며
자유롭게 보고 듣고 말하고 숨쉴 수 있음에 감사하고
이 모든 것들과 친구가 될 수 있음에 감사하고

내가 살아있음을 다시 확인한다

봄바람 속에 잠시 멈추어 눈을 감는다
깊은 생각은 넘실넘실 춤추고 있다
내면의 세계에 침잠하며 내안의 아우성에 귀 기울여본다

내 마음은 서서히 변화하고 있고,
변화를 따라 새로운 항해를 한다

함께 있어도 홀로 있는 것이며
홀로 있어도 함께 있는 것임을 알기에
기다림은 매일매일 설렘으로 반복한다

시시각각 변화하는 내 마음은
내 안의 평화를 얻고 성장의 길로 나아가며
샘솟는 지혜를 얻으며 홀로서기를 한다

지금 이 순간은
나에게 제일 소중한 시간이기에

숨
고르며

두려움과 좌절, 성냄과 미움, 시기와 질투
모든 부정적인 감정을 있는 그대로 흘려보내고
작은 마음 열어 진실과 풍요를 담게 되고
깨어있는 마음을 키워
지혜와 연민의 공간으로 내딛게 되고
당신의 진동으로 커다란 통찰 얻게 되어
내 고통과 혼란을 남김없이 토해낼 수 있게 되고
냉철함으로 또 다른 나를 마중할 수 있게 되고
고요히 앉아 가만히 숨 고르며
들뜬 삶의 안식처가 내 안에 있음을 찾게 되고

그래서
겸손하되 비굴하지 않고 당당하되 교만하지 않게
자비로운 참자아로 돌아가
내 안의 고요와 평화가 나즈막히 노래한다
나의 잔잔한 호흡이 새벽의 따뜻한 에너지가 되어
당신 안에 울려 퍼지기를……

모퉁이

아픔이라는 녀석이 한동안

가슴 구석 모퉁이에 쪼그리고 앉아

나를 힐끗힐끗 쳐다본다

오늘도 그 자리

내일도 그 자리

모레도 그 자리

도망치는 법 없이 묵묵히 나를 지켜본다

외면하고 싶은 마음 굴뚝같지만

내 마음은 그리 냉정하지 못해

다가오면 내 의지와 상관없이 도망가려 몸부림친다

끊임없이 내 안에서 아픔과 고통은 요동치며 시끄럽다

아픔아! 너는 잠시 머무르고 가는 거지?

슬픔아! 너는 잠시 마중 나와 지켜보고 가는 거지?

고통아! 너는 내 품에서 나를 더 단단하게 하는 거지?

아주 조용한 목소리로

아주 고요한 몸짓으로

감
내

편안한 보금자리의 완전함 뒤에
불편한 진실의 불완전함이 웅크리고 있다
기적 같은 자연의 강렬한 힘에는
안타까울 만큼 나약한 모습도 있다
드러나지 않고 숨으려는 작은 모습 뒤에는
화려하게 주목받고 싶은 중독이 들러붙어 있다

남의 눈에 묻어가더라도 소박한 자기 행복이 있으나
화려한 남의 옷을 입고 다니며 불편함을 잊으려 한다
자연이 준 물과 바람과 땅에서 들숨날숨을 의지하고도
자연의 섭리를 거슬러 산소호흡기에 의지하기도 한다

이것이 둘이 아닌 하나의 이치다
자유로운 만큼 속박의 고통이 뒤따른다
모든 것이 나의 몫이기에 감내하며 끌어안는다
누구의 간섭도 없이 기꺼이 말이다

상실감

나는 누구인가?
이 근원적 물음에 아직 답하지 못하고 있다
나의 기본은 무엇인가?
정체성을 잃어버린 상실감은
무의식의 주술성으로 회복하며
근본으로 돌아가려 한다
본능에 가까운 자연의 치유력
그대로 내 안에 받아들이며
투영된 치유의 무늬 하나
나는 어디에 서 있는가?

미처
날뛰는
사람들

자신을 보지 못하고 남탓만 하는 사람들
내 것이라 고집하며 만족할 줄 모르는 사람들
내 생각이라 우기며 남의 말을 듣지 않는 사람들
몸을 더럽혀 온갖 악행을 저지르는 사람들
입을 더럽혀 언어 폭력을 일삼는 사람들
뜻을 더럽혀 망상에 빠진 사람들
많이 갖고 많이 쓰는 것이 행복이라 생각하는 사람들
더 많이 갖기 위해 피 터지게 싸우는 사람들
물불가리지 않고 자존심만 세우는 사람들
약자에게 강하고 강자에게 약한 사람들

스스로 무너지는 것을 모르고 질주하는
그들은 미쳐 날뛰는 사람들

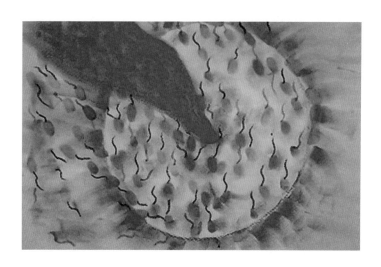

구겨　　　　진
마음

지친 영혼을 위로받기위해
당신은 무엇을 찾아 기웃거리는가

생각처럼 하는 일이 잘 풀리지 않을 때
당신은 무엇을 찾아 기웃거리는가

깊은 속마음을 알아주지 않을 때
당신은 무엇을 찾아 기웃거리는가

본래 의도는 그렇지 않았다고 하소연하고 싶을 때
당신은 무엇을 찾아 기웃거리는가

보이는 것이 전부라고 떠들 때
당신은 무엇을 찾아 기웃거리는가

구겨진 마음은
각자의 본질을 들추기 위해 애쓸 뿐이다

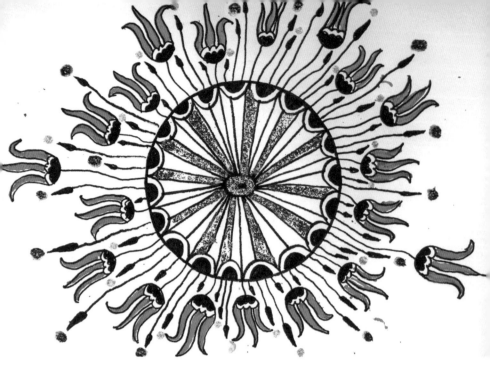

진공묘유

眞空妙有

마치 낯선 숲에서 막 깨어난 듯한
마치 생성과 소멸이 이곳에서 꿈틀거리는 듯한
마치 멈춘 것이 다시 순환하는 듯한
마치 유리위에 펼쳐진 판타지 같은
마치 검은 하늘에 새벽안개 뒤섞인 듯한

없다고 생각한 것이 분명하게 존재하고
존재한다고 믿었던 것이 손에 잡히지 않는
몽환적 시공간을 넘나들며
정신세계와 물질세계가 조화로운 별
우리는 이곳에서 주인공으로 살아간다
일상의 먼지를 털어내며
하루하루 발버둥 치며 살아간다

내 안에 맴도는 생기는
삼라만상을 물들인다

지혜
성장
이상
성취
권력
용기
생명
용서
사랑

생기

내 안에 맴도는 생기는
삼천대천세계를 움직인다

향기 품은 생기는
봄을 만나듯

오래된 기억과 마주하듯
세상을 향해 고개를 내민다

작은 위로

예민하고 날카로워지는 때가 있어
누가 한마디하면 쏘아붙이고
아무 일 아닌 것이 억울하고
내 편 들어줄 사람 없어 외롭고
또 그랬던 것이 미안하고
그런 나를 원망하며 자책하고

내 안에 일어나는 소리에
가만히 귀 기울여본다

불편했구나
화났구나
억울했구나
외로웠구나

작은 위로에 날카로움은 서서히 잠들고

그것은 인생

안개 자욱한 길을 달려보았는가
한치 앞이 보이지 않아
길인지 논두렁인지 구분이 안되고
더욱이 낯선 땅에서는 어디가 어딘지 알 수 없다
시골 여관을 겨우 찾아 밤을 새고 나면
언제 그랬냐 하듯 안개는 흔적도 없다
내 갈 길 또렷하게 드러난 무한의 시간 속에
잊혀질 때 즈음 안개는 다시 나타나겠지
보이지 않는 길 애써 찾으려 하지 말고
잠시 쉬었다 다시 가라는 가르침이지
봄이 가는 것을 아쉬워하지 말고
여름이 오는 것을 밀쳐내지만 않는다면
우리 삶은 그렇게 흘러가겠지

영혼의
친구   들

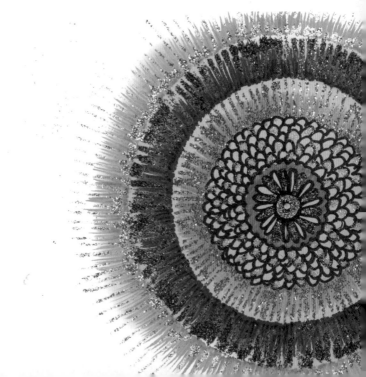

기쁨이라는 손님이 불쑥 찾아와도
슬픔이라도 손님이 불쑥 찾아와도
따뜻하게 맞이해야지
당황하거나 두려워하지 말아야지
먼저 향기로운 차를 한 잔 대접하고
어떻게 찾아오셨는지 물어봐야지
한참 대화를 나누고는 돌아가겠지
가시는 길 안녕하시라고
감사인사 드려야지

문 앞에서 나를 기다리는 영혼의 친구들
매 순간마다 웃음으로 맞이해야지

감당하기 힘든

두려움

가슴을 쥐어짜는

압박감

머리가 터질 것 같은

괴로움

어찌 알고 왔는지

내 옆에 슬며시 앉으려 하네

깊은 호흡으로

가볍게 웃음으로 인사하니

조용히 떠나가네

힘들다

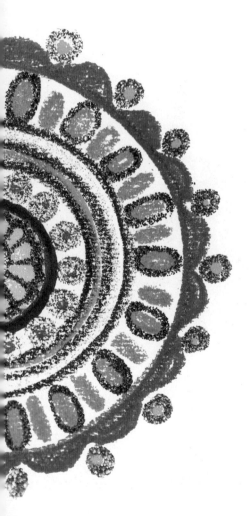

새
길

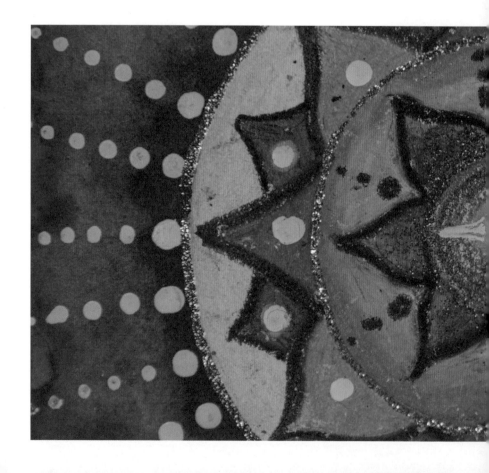

길 끝에서 또 다른 길을 만났다
처음에는 당황스러워 울고 싶었다
이제는 찬란한 즐거움으로 새 길을 떠난다

구불구불해서 조금 불편해도
오늘을 즐길 수 있어 평화롭다
길 끝에서 새 길을 만났다

기웃거리다

이 나라 저 나라
이 도시 저 도시
이 골목 저 골목
이 집 저 집
이 가게 저 가게
이 사람 저 사람

우리는 평생을
여기저기 기웃거리며 살아간다

남을 속일 수 있어도
자신을 속일 수는 없는 법
이제 기웃거리는 삶을 그만둔다

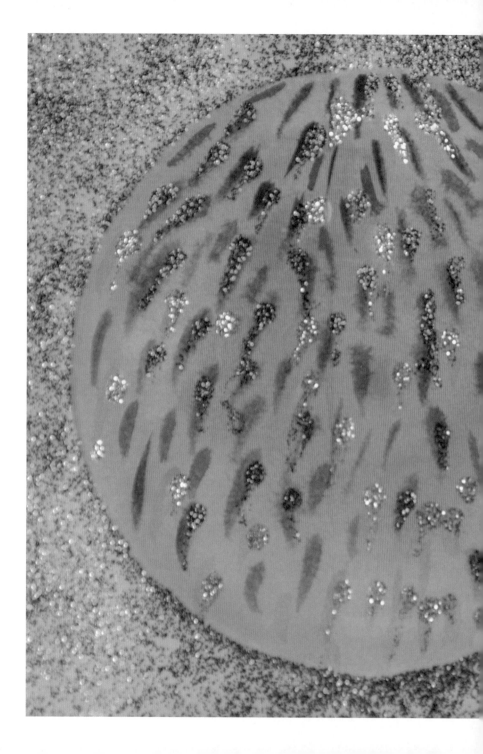

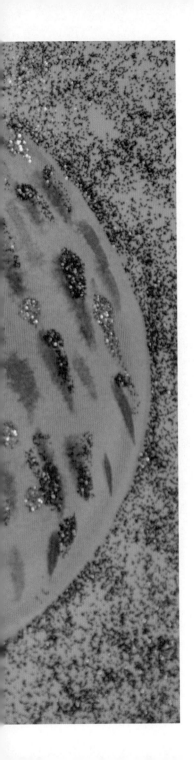

열정

내가 하는 일이
보잘 것 없어 보일지라도
지루하고 지난할지라도
소란스럽고 추해 보일지라도
서툴러 보일지라도
서두르며 허둥대 보일지라도
포기는 하지 않는다

안으로 안으로 침묵하며
시간의 흐름 속에 변화를 읽고
일 속에 열정을 쏟으며
평화를 기억한다

믿음 만남 이별 결단 섬 제자리

혼란 흔들림 슬픔 아픔 상처

배신 재회 불안 기다림 갈림길

적막함 공허함 홀로됨 두려움

긴장 조급함 좌절 방황

감정의 방황 속에서

리듬 없는 춤을 추었다

오늘에서야 내가 만난

한 사람 한 사람의 마음을 읽었다

묵묵히 자기 삶에 열중했던 사람들

바로 나 자신이었다

방황

사랑 관심 기쁨 감사 기적
신비로움 채움 축복 통로 지혜
생각 평화 고마움 친절
기대 의지 희망 공부 설레임
불꽃 파도 행복 황홀함 간절함
흥분 가쁜 숨 감동 이어짐 끌림

아름다움

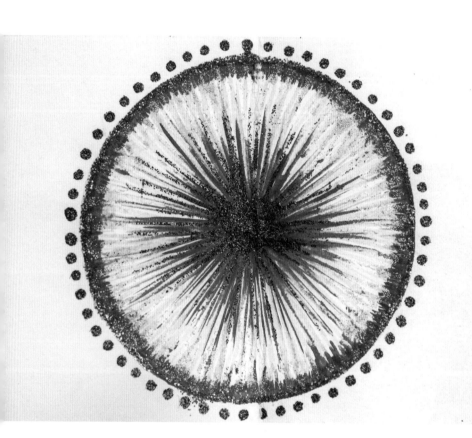

아름다움을 찾아 헤맨다
아름다움은 어디에 있을까
예쁜 옷과 화장을 하면
아름다움을 만날 수 있을까
내면의 아름다움을 말하며
마음이 고요해지면 만날 수 있을까
미국이나 유럽으로 가면 만날 수 있을까
거기에도 없으면 아프리카로 가면 될까
아름다움은 도대체 어디에 있을까
시대와 장소에 따라 다르다 하니
요즘 아름다움은 어디에 숨었을까

우리가 찾는 아름다움은
발견하는 자의 몫이다

2부 | 잘 가세요

다시 사랑할 수 있기를

지나온 삶의 경험들을 내치지 않으려 준비한다
미움이든 슬픔이든 외로움이든 두려움이든
다정하게 따뜻하게 친절하게 지금 마중나간다
나는 지금 평안하다고,
나는 지금 사랑받는다고
감각과 생각의 경계선을 자유롭게 오가며
내 안의 나를 살며시 쓰다듬는다
조용하고 평화로운 내 영혼을
다시 사랑할 수 있기를

비
타
민

두려움과 불안함을
암세포 떼어내듯
떨쳐내는 것만이 상책이 아니다
불안과 긴장, 두려움과 고통을
못 느끼는 게 위험하다

작은 상처를 방치해
덧나고 깊어져 위태로워지니까
하루하루 무의미하고
의욕이 생기지 않는 삶이니까

두려움과 불안함의 긴장은
열심히 살게 하는 원동력이다
자기계발과 경쟁력을 갖는
훌륭한 동기부여가 된다

위험을 피하고
스스로를 변화시키는
조금 쓴맛의 비타민이다

대
화

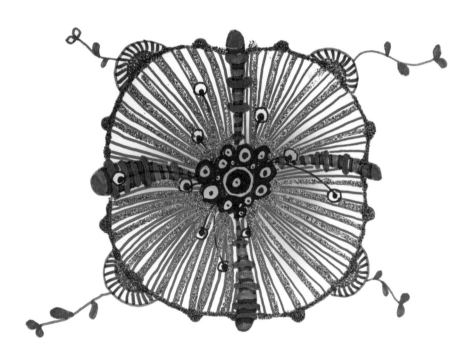

몸과 마음으로 잘 듣는 것은
희로애락을 나누는 수단이리라

사랑해요!
슬퍼요!
행복해요!

진심이 담겨야
비로소 그 말은 아름답고
기적이 되어 번진다

한 공간에서 나누는 이야기는
따스한 호흡이 되고
배려담긴 위안이 된다

내 인생의 기적이다

다짐

할 수 없는 일은
꿈꾸지 않는다

할 수 없는 영역을
부러워하지 않는다

고난의 길이 펼쳐지더라도
지치지 않고 나아간다

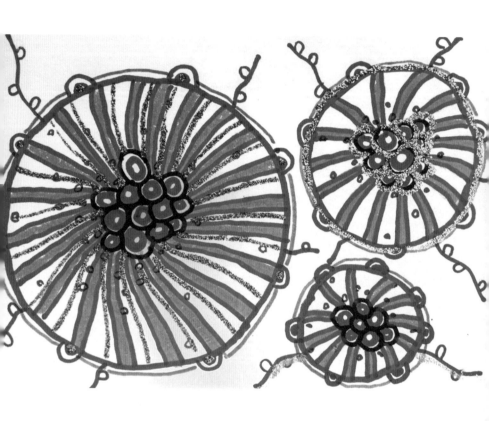

시간

유유히 흘러가는 시간 속에
아름다운 모습들로 멈춘다

어느 날은 우아하고 기품이 느껴지는 듯
어느 날은 대자연의 신비를 절절히 느끼는 듯
어느 날은 흥분하여 피가 거꾸로 솟는 듯
어느 날은 시계바늘을 뒤로 돌린 듯
어느 날은 도시 휴양지에서 넉넉함을 누리는 듯
어느 날은 길 위에 평화로움이 가득한 듯

시간 속의 삶은 그렇게 깊이 스며든다

염원의 노래

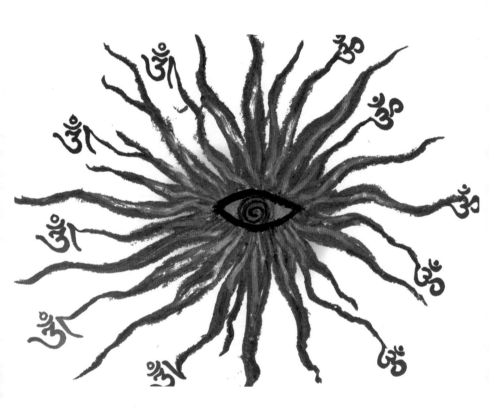

좋고 싫음을 판단하여 분별하지 않고
양 극단에 치우쳐 휘둘리지 않고
'나'를 내세워 세상을 바꾸려 하지 않고
빛나는 곳에 드러나게 하지 않고
분석하고 해석하여 주장하며 설명하지 않고
바쁜 걸음으로 뛰지 않고
남의 인생에 기웃거리지 않고
있는 그대로 보게 하소서

나를 둘러싼 상황과 타협하지 않고
남이 좋아하는 일보다 내가 하고싶은 일을 하고
못 하는 핑계보다 잘 할 수 있는 이유를 찾고
넘어져도 다시 일어서 도전하고
세상의 기준에 맞추지 말고 가진 것에 만족하고
남 눈 의식하며 시간을 허비하지 않고
스스로를 돌아보게 하소서

흐르는 대로, 지나가는 대로, 흔들리는 대로
붙잡지 말고 있는 그대로 보게 하소서

그저 그렇게

무엇이 내 가슴을 뛰게 하였는가
무엇이 나를 이끌고 앞으로 나아가게 하였는가
그 동안 수고로운 노력으로
반복된 연습을 얼마나 하였던가

이제부터 앞이 보이지 않는다고
허둥대며 발버둥치는 일도 없고
지독하게 반복되는 연습도 없고
분수에 맞지 않는 욕망도 없고
애써 외면하며 포기하는 일도 없을 거다

마음의 소리에 귀 기울여
마음먹은 대로 한걸음 한걸음
포기하지 않고 천천히 걸어가야지
그저 그렇게

레
시
피

음식은 재료 본연의 맛을 살려야 한다
이런저런 생각에 휘둘려 순서 없이 넣으면
음식 본래의 맛을 낼 수 없다
먼저 넣을 것 나중 넣을 것을 챙기며
때때로 맛을 보며 세심한 상차림을 준비해야 한다
화려한 것보다 심플한 상차림이 건강에도 좋다

이미 내 안에 다섯 가지의 참된 맛이 있고
훌륭한 레시피까지 있다는 사실을 잊지 말아야 한다
때로는 뜻하지 않는 당혹스러운 맛이 날지라도
이미 내 안에 있는 재료를 넣어 보완하면 된다

조금 싱겁다 싶으면 냉정함의 소금을
조금 짭짤하다 싶으면 부드러운 물을
조금 쓰다 싶으면 달콤한 설탕을
조금 맵다 싶으면 상큼한 과일청을
조금 시다 싶으면 특별한 엑기스를

마음 한 조각

늘 미소 가득한 고운 모습으로 살고 싶습니다
남들이 봐주지 않아도 소명을 갖고 살고 싶습니다
예쁘지 않아도 향기 가득한 모습으로 살고 싶습니다
작은 것에도 크게 감탄하며 살고 싶습니다
넘치는 마음 비우고 여유롭게 살고 싶습니다
따뜻한 마음 한 조각 내어주며 살고 싶습니다
그리운 추억 하나쯤 품고 살고 싶습니다
연분홍 새색시처럼 설레는 마음으로 살고 싶습니다
불평하거나 떼쓰는 일 없이 파릇파릇 살고 싶습니다
옹달샘처럼 맑고 순수한 모습으로 살고 싶습니다
집착하지 않고 유유하게 살고 싶습니다
어려움을 이기며 언제나 용기 있게 살고 싶습니다
채우려고 아등바등 하지 않고 흐르는 대로 살고 싶습니다
힘겨운 일에도 당당히 맞서며 살고 싶습니다
온화한 사랑 나누며 살고 싶습니다

삶의 이유

'왜 사는가?' 하며
삶의 이유와 의미를 찾으려
모든 것을 걸고서 헤매고 있습니다

삶의 이유를 알아야만 행복할 거라는
근거 없는 삶의 공식을 내려놓고
그냥 보이는 대로 느끼면 됩니다
행복의 시간이 눈앞에서 지나가도
알아차리지 못할 수가 있거든요
삶은 이유가 있어야 살아지는 것이 아니라
그냥 살아지니까요

무엇을 찾아가는 길!
그 결과에 모든 것을 걸지 않을 때
온전히 그 삶 전체가 행복입니다

그 여정이 인생입니다

내
심

찬란한 햇살 속에
향긋한 꽃비 속에
있는 그대로 비춰지는 맑은 연못 속에
청량하게 지저귀는 새들의 울음 속에
더운 여름 은은한 꽃길 속에
캄캄한 어둠의 공포 밝혀주는 연등 불빛 속에
부끄러움으로 몸 둘 바 모르는 내 마음속에

한 조각 한 조각 일어나는 마음이 있고
모든 움직임을 담은 내 허한 마음이었네

이상

조화로움 속에 불안과 마주친다
받아들임 속에 후회와 마주친다
깨어있음 속에 번뇌와 마주친다

도움 주고 위안 받는 인연 속에
현실에 어울리지 않는 이상과 마주친다

살아 숨 쉬는 동안 인연 맺은
모든 존재와 다시 마주친다

마음의 고통을 떠나보내며
평화로움이 스며든다

질
서

남들이 시시하다고 여기며 돌아보지 않는 불모지에서도
꽃을 피울 수 있는 내면의 힘을 가지기를 바라며

내게 남은 긴 세월의 잔고를
아프고 상처받고 소외된 이들과 함께 할 수 있기를 바라며

죽는 날까지 내 몸은 광명의 깃발이 되고
내 마음은 신비로운 집이 되기를 바라며

가져갈 수 있는 것은 아무것도 없다는 것을 알아
대지 앞에 나그네로서 겸손함을 지키기를 바라며

자연의 에너지와 교감하고 생명의 영혼과 이야기 나누며
때로는 들어주고 때로는 들려주기를 바라며

나는 내 삶의 질서를 가지런히
이 순간처럼 충만하게 살련다

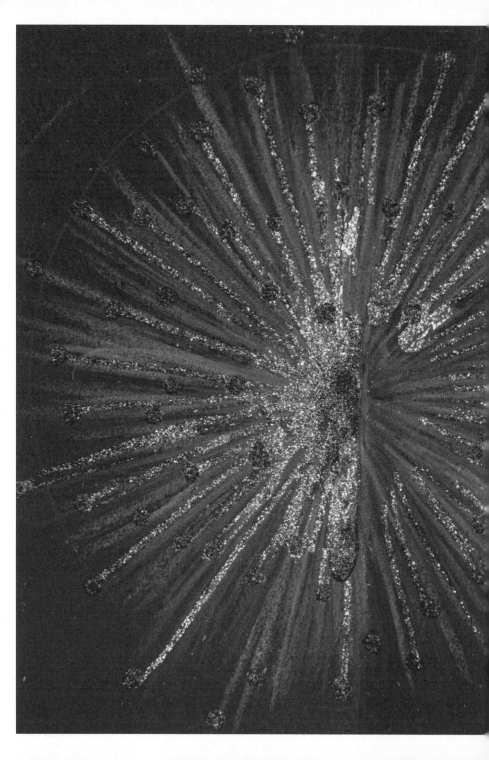

그와 공유하는 침묵의 공간은
사랑의 씨앗을 함께 뿌리는 것

말없는 가운데 눈빛으로 대화를 나누고
말없는 대화는 친밀감을 높여간다

또 친밀감은 침묵의 공간을 넓혀가고
침묵으로 깊은 소통을 나눌 수 있다

서로에 대한 깊은 배려는
움직임을 잔잔하게 하고 지혜롭게 한다

나는 이미 알고 있다
이것이 삶의 흐름이다

침묵

가
자

잠들지 않고 꿈틀거리기 시작하고
머물러 있지 않고 일어나기 시작하고
외면하지 않고 바라보기 시작하고
지켜보지만 않고 다가서기 시작하고
마냥 듣고만 있지 않고 말하기 시작한다

하고 싶은 대로 하지 않고 헤아리고
활짝 열지 않고 조금은 걸쳐놓고
모두 담지 않고 가려 담고
모두 버리지 않고 골라서 버리고
저장하지 않고 토해내기 시작한다

생각에 머무르지 않고
행동하기 시작한다
가자
가자

나
르
시
스

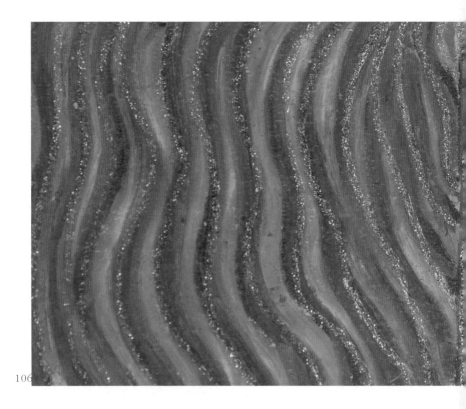

봄을 알리는 꽃들의 향연
봄기운 담뿍 담은 무지갯빛이
내 마음 속 작은 공간에
살포시 내려앉는다

텅비어 놓아버린 마음을
활짝 열어보이는 그 순간
내 마음을 빼앗아버린
내 안의 나르시스

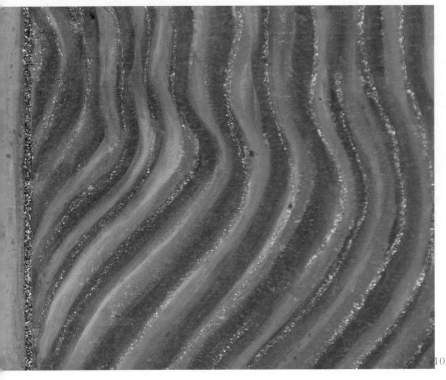

빛

한 땀 한 땀
마음에 고운 수를 놓기 시작했다

한 올 한 올
마음에 오색실로 그림을 그리기 시작했다

한 코 한 코
마음은 빛이 되기 시작했다

꽃
자
리

큰 세상 속 작은 내 삶에는
아직도 끝나지 않은
가슴 뛰는 삶이 있다

삶 속 자투리 모양의 생활은
신비로운 퍼즐 맞추기다
자투리 가운데 보일랑 말랑한 작은 점으로
내가 존재한다

가슴 뛰는 삶은 하나의 세계이며
그 삶을 살아내는 나는 곧 하나의 세계이다
버티며 살아내는 것은
심연을 건너는 안간힘이다

여기보다 어딘가에
새로운 세계가 있을 것 같지만
지금 서 있는 이 자리가
꽃자리다

공존

작용과 반작용 사이의 감정
나를 둘러싼 환경에 대한 반응
행복과 불행 사이의 마음
폭풍에도 흔들리지 않는 굳은 사랑과
산들바람에도 흔들리는 갈대 같은 사랑

사람과 사람 사이

거울

거울은 모든 것을 비추네

깨끗하고 더러운 것을 가리지 않고
크고 작은 것을 가리지 않네

좋다고 집착하거나
싫다고 미워하지 않네

어느 것에도 머물지 않고
어느 것에도 외면하지 않네

우리의 마음도 거울과 같이
좋은 일도 나쁜 일도
붙잡지 말고 흘려보내야 하리

왜 이 도리를 모르고 살았던가

미
니
멀
리
스
트

언젠가는 쓸 것이라며 버리지 못한 것들
아직 쓸 수 있다며 치우지 못한 것들
한 번도 쓰지 않았다며 아까워하는 것들

그리고

내 어깨를 짓눌렀던 과거의 아픔들
집착과 외면 사이를 오가는 불편한 시간들
남은 생이 염려스러운 불안들

쓸데없는 짐들이라
기꺼이 버리겠노라
기꺼이 가벼워지리라

---

* 미니멀리스트minimalist : 어떤 목적 등을 이루는 데 필요 이상의 것을 완전히
억제하려는 사람을 일컫는다. 예술가의 경우, 가능한 한 단순하고 최소한의 요소를
통해 최대의 효과를 이루려는 사고방식을 갖는다.

흐름

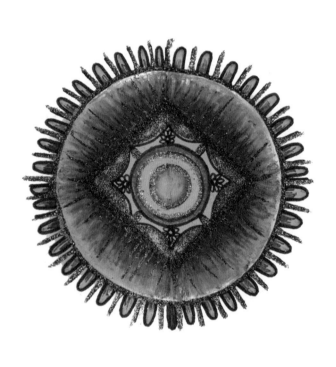

어디로 기울여야 하는가
어디에 목표를 향해야 하는가
어느 곳에 시선을 두어야 하는가

무엇을 버려야하는가
무엇을 포기해야하는가
무엇을 기다려야하는가
무엇을 받아들여야 하는가

버림으로 기울어지는 곳으로……
잔잔하게 흐르는 곳으로……

내 마음은 지금 여기에
고요히 멈춘다

모든
일

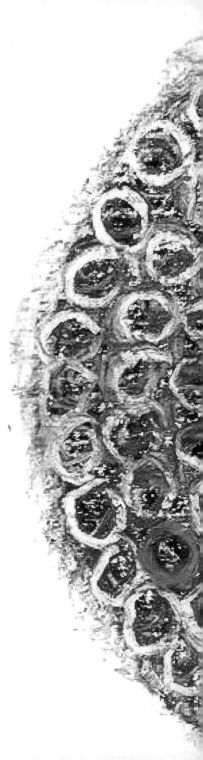

지금 나에게 일어나는 모든 일은
그냥 일어나는 사건일 뿐입니다
좋아하는 마음을 일으켜
집착하며 길조라 생각하지 마세요
싫어하는 마음을 일으켜
혐오하며 흉조라 생각하지 마세요

지금 나에게 일어나는 모든 일은
그냥 일어나는 사건일 뿐입니다
그들이 나에게 행복을 가져다주고
그들이 나에게 불행을 가져다주고
그런 것이 아닙니다

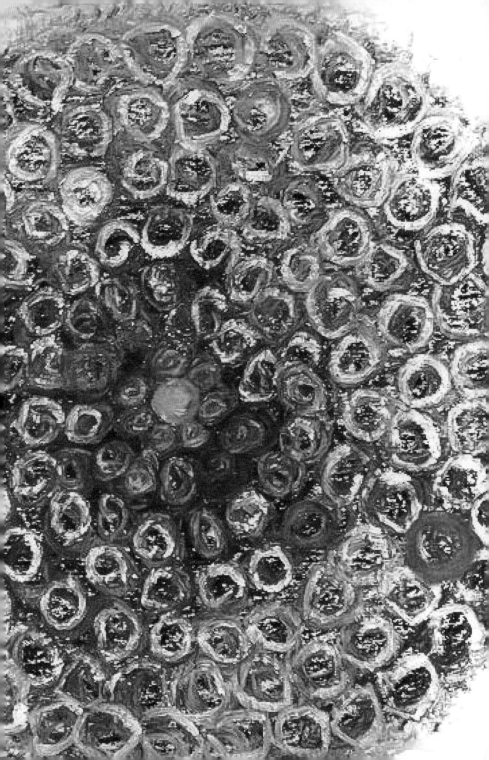

깨
달
음

옛사람이 말하기를
바람이 부는 것은 마음이 나무를 흔드는 것이요
구름이 생기는 것은 성품이 티끌을 일으키는 것이니
만약 오늘 일대사를 밝히면
어둠을 떨쳐버린 본래면목을 알리라 하였다

산 속의 다람쥐들은 돈이 없다고 절망하지 않고
들길에 핀 잡초들은 자기를 뽐내지 않고
가을하늘 새들은 각자의 길들을 싸우지 않고
그들도 잘 사는데 내가 못살 이유가 없다

내 안의 영원한 생명을
더듬어 찾는다

비
바
람

일어나지 말아야 할 일들은 없다
다만 일어난 일들을 대하는 자세에 따라
좋은 인연이 되고 나쁜 인연이 될 뿐이다

아침에 일어나 깨진 컵을 보고
조심성 없다며 화를 내는 것과
다친 사람 없는지 염려하는 것은
하루의 인연이 다르다

언제나 우리 곁에는
크고 작은 일들이 일어난다

매일
바람은 불고 비는 내린다

나무

아름드리 나무를 가만히 껴안고
나무가 들려주는 이야기에 귀 기울이면
나무에 물오르는 소리가 들리고
새들이 둥지트는 소리가 들리고
작은 벌레들이 오르내리는 소리가 들리고
자신의 아픔을 가만히 이야기하지만
자신을 껴안고 있는 나를 위로해주는 소리들이다

아름드리 나무를 가만히 껴안으면
나무가 가만히 나를 어루만져준다

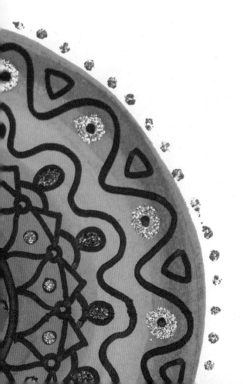

홀로서기

끝없는 나락으로 떨어지고
한없는 외로움에 몸이 떨린다
스스로 연약해지며
몸 기댈 곳을 찾아 헤맨다
혼자 남은 생이 무가치하고
가엾다는 생각마저 올라온다
메마른 삶 안으로 깊숙이 들어와
촉촉한 토양으로 적셔줄
사람의 진심이 절실하다

함께 살아갈 홀로서기를 위한
정서적 투쟁이다

기
로

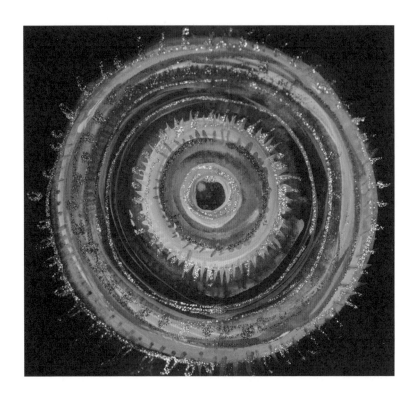

무슨 일이 일어났느냐?
이것은 중요하지 않다

어떻게 대처할까?
마음의 본질을 살피는 것이다

무슨 일은 언제나 일어난다
그때마다 길을 잃고 헤맬 수는 없으니까

내가 가는 길 위에서 그것과 만나면서
길을 잃지 말아야 한다

점점 넓히며

내 인생을 그린다

어제도
오늘도
내일도

끝나지 않는
완성을 향해
끊임없이 도전한다

어제도
오늘도
내일도

완성

내 인생의
둥근 원을 그린다
어제도
오늘도
내일도

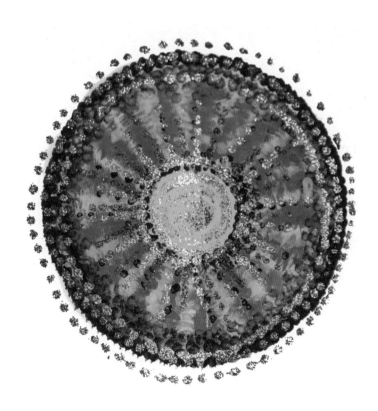

눈
꽃

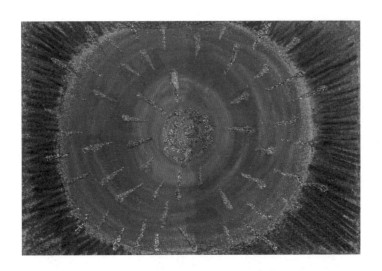

그리운 마음으로
애틋한 눈빛으로
아련한 입김으로
당신을 마중합니다

입가에 미소 맴도는 기쁨으로
눈 감아도 떠오르는 사랑으로
가슴 뭉클한 고마움으로
당신을 마중합니다

당신은 생각했던 것보다 아름답습니다

용기

생겨나지도 않고 사라지지도 않으며
있는 것도 아니고 없는 것도 아니며
움직이지도 않고 흔들리지도 않아
항상 그곳에 그대로 머물고 있는 그대여

나의 나약함과 위선을 담아내는 수용과
그대를 찾아 해맨 긴 세월의 용기가 필요했소

방황의 끝에서 당신을 만났고
'온전한 나'로 돌아갈 수 있었소

그
리
움

각자 살아가는 모양새는 다르다
물론 다르지, 같을 수가 없지
또 자기 삶에 영향을 주는 것도 다르지
그것을 경험하지 않고서는 이해할 수 없을거야

떠나는 사람은 제 할 일 다했다며
뒤돌아보지 않고 떠나겠지
남아 있는 사람은 집착하지 않는다며
가는 사람 잡지 않겠지

서로의 심정을 헤아리지 못함을
시간 지나면 한탄하겠지

떠나는 이는 아쉬움으로 발걸음이 무거웠고
남은 이는 그리움으로 빈 하늘만 쳐다봤네

하루

어김없이 하루를 마중 나간다
약속한 듯이 빼먹지 않고 하루를 만난다
매일 오늘을 거울에 비추며
치장하지 않은 오늘을 그대로 만난다

오늘은 희망과 설렘
오늘은 두려움과 긴장
오늘은 기쁨과 행복
오늘은 슬픔과 고단함

거울 속에 비친 오늘처럼 살아간다

기
다
림

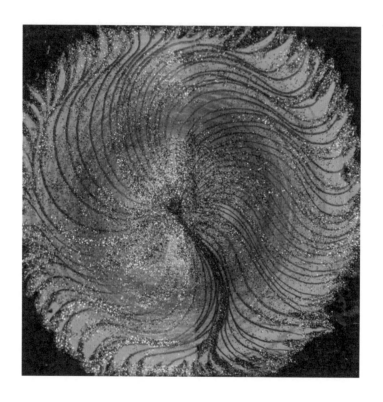

고개를 들어보니 밝은 빛이 쏟아지는 숲속이다
나무는 물을 한껏 품었고 아기초록잎은 풍성하다
속이 투명하여 맑고 시린 계곡물이 조용히 흐른다
정갈하게 갖춰 입은 그분이 건너편에 서 있네
어떤 메시지를 간단히 눈빛으로 전해주고는
마냥 쳐다보고 계시네
싱그러운 초록잎 따서 물 한 모금 건네주니
그 분도 나에게 초록잎 물 한 모금 담아주네

첫 만남, 첫인사, 첫 선물
첫 마음, 첫 느낌, 첫 생명

거기에 순수하고 진실한 마음 있었네
그때부터 내 삶은 기다림이었다

자연의 한 부분임을 잊지 않게 하소서

항상 낮은 곳에 머물게 하소서

생명을 긍휼히 여기게 하소서

순리에 따르게 하소서

하루하루를 아껴 쓰게 하소서

빛으로 살게 하소서

순
리

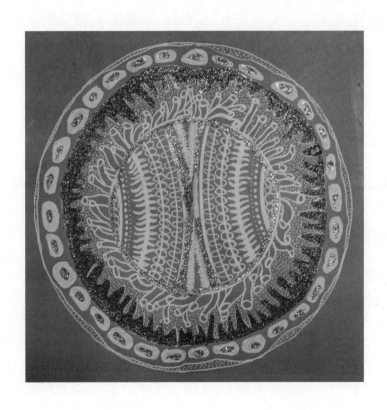

화분

어떤 화분에는 붉은 꽃이 피고
어떤 화분에는 노란 꽃이 피네
어떤 화분에는 새 가지가 팔을 뻗고
어떤 화분에는 열매 맺네

텅 빈 화분에
내 삶의 씨앗을 심는다

어렵다

어렵게 생각하지 말자
어렵게 말하지 말자
어렵게 계산하지 말자
어렵게 관계 맺지 말자
어렵게 사랑하지 말자
어렵게 살지 말자

늘 다짐하지만
어렵다

친구

요란하지 않아도 감동을 주는 친구
전화하면 언제든 만나주는 친구
날씨 따라 행동은 다르지만 본심은 그대로인 친구
감정에 얽매이지 않는 자유로운 친구
자연의 소중함을 아는 겸손한 친구
툴툴거리며 비난해도 언제나 한결같은 친구
온갖 괴로움을 털어놔도 다독여주는 친구

기쁠 때 함께 기뻐해주고
화날 때 함께 욕해주고
슬플 때 함께 눈물 흘리는
친구

그런 친구들이 옆에 있다

소리

하늘과 바다와 산과 들의 소리를
보았는가
내 안에서 그림을 그리며
자연이 들려주는 소리를 본다

내 삶의 지나온 흔적들은
구름과 파도와 숲과 바람의 소리가 되고
나는 자연의 소리 없는 움직임을 그린다

3부 | 땡큐, 나의 인생아

삶을 허락하며

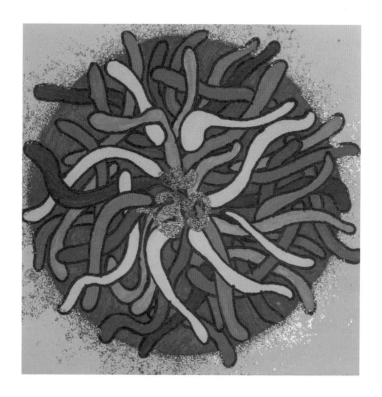

멀리 소쩍새 소리만 남았을 때
조용히 눈을 감고 호흡에 집중한다
지금 내 안에 그 무엇이 꿈틀거린다
머리끝에서 얼굴을 지나
목과 어깨 가슴을 두드리며
배와 등으로 흘러
허벅지와 무릎을 지나
정강이와 복숭아뼈를 두드리며
발가락 끝을 차례로 지난다
그와 함께 내 감정도 휘몰아친다
살아있음이다
태고의 생명과 경험을 그대로 두고
지금 이 순간의 생명과 경험을 받아들인다
판단하지 않고
밀어내지 않고
그냥 알아차리고 허락할 뿐이다
작은 몸짓으로 춤을 춘다
미소 가득한 기쁨으로

입가에 미소 번지듯

너를 내치지 않고

다정하게 받아들이고 보살핀다

본래 내 안에 있던 따사로움이

너에게 손 내밀고 반길 때

너는 내게로 와 숨을 고른다

두렵고 불안하던 너는

이제 다시 벅찬 희열이 된다

나를

온전히 만나는

순간이다

158

온전히 만나는
순간

두렵고 불안하다
심장이 두근거린다
왜 이러지
이대로 괜찮을까 싶다

따스한 햇살이 등에 와 닿으면

주변을 간단히 치워놓고 가만히 눈을 감고 앉았다
의도적으로 몸을 꼿꼿이 세우고
지금 내가 가만히 앉아있음을 인식한다
강렬하고 부정적인 감정이 떠오를 때마다
마음을 챙기면서
열린 마음으로
있는 그대로 마주하며
지금 여기 나의 모습만 알아차리고 흘려보낸다
경직되고 수동적이었던 몸과 마음은
내 삶의 경험들이 남긴 흔적들이라는 것을
알아차리고 흘려보낸다
따스하고 포근한 융통성이 가득 채워진다
슬픔, 기쁨, 불안, 공포, 행복
심장을 아프게 조이던 그들은
들숨과 날숨에 녹아내리는 삶의 카타르시스
나를 위협하거나 회유하는 어떠한 감정들도
내 안에서 고요해진다

흔
적

날마다 새벽에 명상을 하겠노라
다짐은 생활이 되었고 삶의 버팀목이 되었다
여름과 가을, 겨울과 봄
다시 여름으로 이어지는
새벽 기운을 온전히 받아들이며
몸과 마음을 이완하고
감각과 감정에만 집중한다
평화로움은
내 삶의 길동무가 되었고
자애로움은
생명을 향한 안내자가 되었다

새
벽
기
운

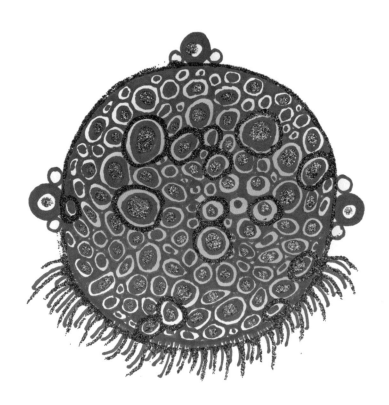

상호작용

정체성을 살린다
분야를 넓혀나가되

토론과 논쟁을
거듭하며

아모르

물방울
하나하나
작은 씨앗
하나하나
내 가슴에
반짝반짝
진솔한 믿음
가득가득

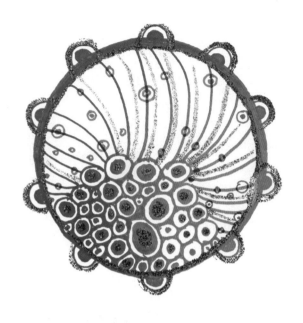

* amor : 사랑, 애정, 연애, 자비 등의 뜻을 가진 스페인어

마음에서
마음으로

마음에서 마음으로 전하는 것을
어찌 종이와 먹으로 표현할 수 있겠는가

물과 바람, 빛과 소리, 흙과 공기
자연의 소리는 마음에서 마음으로 전한다

물은 흘러가는 대로
빛은 쏟아지는 대로

마음에서 마음으로 전해주니
어찌 시가 아니고 산 문장이 아니겠는가

맑고 밝은 이들에게
평화로움을 전해주고
화내고 어두운 이들에게
불행과 고통을 전해주고

스스로 깨달을 뿐이다

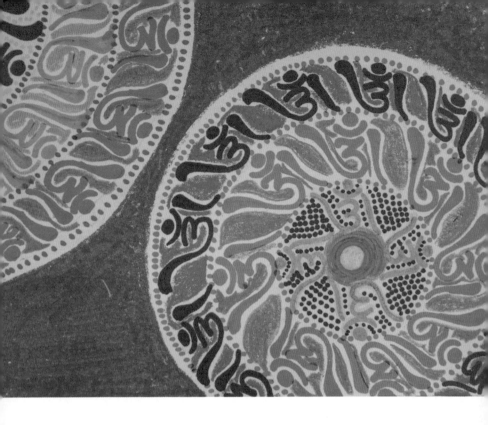

디
자
인

삶이 버겁고 지치더라도
노여워하거나 포기하지 말자
달콤한 연습으로 자기발전을 하고
자신만의 감각과 균형을 쌓아가자

자신만이 가지는 우직함으로
자신만이 가지는 솔직함으로

제 아무리 크고 아름다운 보석도
사람 눈길 닿지 않으면 소용없다

스스로를 디자인하며 살아가자

심플라이프

"왜 버리지 못하는 거야?"

간결함을 좋아하면서도 주변 정리가 쉽지 않다
그러려면 버리기를 잘 해야 하는데
버리지 못하고 움켜쥐고만 있으니
생활은 복잡해지고 삶은 무거워진다
쓰지 않으면서도 아깝다며 버리지 못하고
언젠가는 쓸 거라며 보관하기 일쑤다
삶의 무게를 줄이기 위해서라도
버리는 기술을 배워야겠다

사람이든 물건이든
의미부여하며 집착하는 순간
삶은 자유롭지 못하고 무거워진다

집착하며 움켜쥐는 것이 아니라
놓아버리고 지켜봐주는
버리기 연습이 필요하다

마음그림

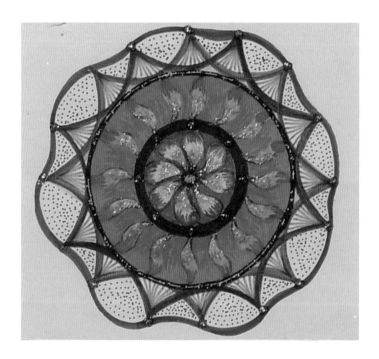

삐죽삐죽 모난 마음 요리조리 달래기도 하고
남의 말 안 듣고 고집부리며 씩씩대고
심술궂은 욕심으로 내 것으로 착각하고
모든 것을 낑낑대며 품에 안으려 하니
발바닥은 불나고 숨은 헉헉댄다
지금까지 살아온 내 모습이다

미워하는 마음, 성내는 마음, 조각난 마음을
색깔 펜으로 꾹꾹 눌러주니
엉켜있던 오만가지 실타래가 조금씩 풀려난다
고운 빛깔 담은 마음그림이
수줍은 새색시처럼 고운 모습으로 선보인다

본다는

것

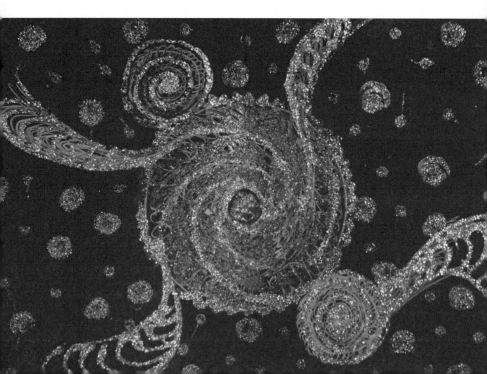

마음으로 본다는 것은
눈으로 볼 수 없는 그 무엇을 보는 것

마음으로 본다는 것은
내면에서 흐르는 느낌을 함께 보는 것

마음으로 본다는 것은
표면적인 이야기에 마음을 빼앗기지 않는 것

마음으로 본다는 것은
비로소 보이기 시작하는 것

기
도

고요한 마음 안에 머물게 하소서

생각 일어나면 있는 그대로 보게 하소서

마음에 비춰지는 영상을

그대로 흘러가게 하소서

생각 흩어지면

마음 흔들리지 않게 하소서

마음 흔들리면

집착 때문임을 알게 하소서

넘어지면 일어서고

실수하면 다시 도전하게 하소서

다시 제자리로 돌아오는 것이

행복임을 알게 하소서

그래서 더욱 강건해지게 하소서

멈춤

작은 것에도 특별한 정성을 쏟는 풍요로움
무엇에도 방해받을 수 없는 나만의 공간
그저 바라만 보아도 평화로움을 느끼는 열정
어느 한 곳에 머무르며 온전히 집중할 수 있는 자유로움
줄을 서서 시간 낭비할 이유도 없는 활발함
나만이 고집하는 특별함을 만끽하는 넉넉한 가슴
가장 편안하고 달콤한 혼자만의 휴식

일상을 잠시 멈추고 쉬는 것이
나에게 주어진 새로운 시간이다

사
랑
타
령

지금 이 시간을 살아가면서
경험하고 느끼는 것들을 사랑해야지

지금 잠시 머무는 이곳에서
아프고 슬픈 기억들을 사랑해야지

버거울 만큼의 졸음 속에서 빠져나와
편안하게 몸 누인 이 공간을 사랑해야지

휩쓸려 허둥대며 방황하고 버려지는 마음
그대로 사랑해야지

나의 작은 모습 감추며 애써 평안함 찾는
긴 터널 속의 어둠을 사랑해야지

무지개빛 융단을 깔고 한 걸음 한 걸음
다시 기나긴 여정을 떠나는
나의 작은 영혼을
가만 가만 사랑해야지

시
작

지금 새벽 기운에 정신을 환기시키고
지금 새벽 온기에 다시 내면을 정화시키고
지금 새벽 소리에 경직된 몸뚱이를 이완시키고
지금 새벽 공기에 당혹스러운 내 얼굴은 숨쉰다

지금 새벽 의식은 나를 힘차게 깨운다

치
유

구석구석 작은 가슴을 조심스레 쓸어 담으며
구석구석 작은 마음을 조심스레 닦아 내려가며

구석구석 비어 있는 조그만 가슴에
기꺼이 나를 내주어 당신을 채우고

구석구석 비어 있는 나의 내면에
기꺼이 당신을 받아들이고

구석구석 내 작은 삶 속에
내 안에 온전한 생명의 꽃을 피운다

놓아버리기

한 생각이 일으키지 말고
모든 것을 놓아버리자

탐욕과 성냄과 어리석음은
마음과 몸을 병들게 하니
모든 것을 놓아버리자

행동과 말과 생각을 참되게 함으로
육체의 치유 웰빙
마음의 치유 힐링
준비된 아름다운 죽음 웰다잉

입
맞
춤

내 안에서 흘러다니는
자유로운 영혼들

솟구치는 용기
강렬한 빛의 믿음
거짓 없는 잔잔한 기쁨
건강한 움직임
새벽 기운 담뿍 받는 투명한 사랑
두려움 없는 당당한 진실
열려있는 따뜻한 마음
부드럽고 달콤한 미소
가슴 속 깊은 변화
파도처럼 거침없는 자유로움
분홍 꽃잎처럼 활짝 핀 행복

이 모든 것들은
내 안에서 흘러다니는
자유로운 영혼들과 나누는
평화로운 입맞춤이다

봄
바
람

얼어붙은 마음의 뜰에
봄바람이 휘감고 있네
묶여있던 몸뚱이 얼음 풀려
졸졸 시냇물 흐르듯 즐거웁네
차갑던 지난 겨울은
봄바람에 자리를 내어주네

봄바람에
내 마음도 녹을까

꽃물

조용히 눈을 감고 드넓은 수평선 너머
말없는 아름다움을 상상하기도 하지
오만가지 꽃물이 바다위로 떨어지고
다시 내 몸과 마음을 물들인다
과거와 현재 사이 무수한 계단이 있지만
결국 통로는 하나로 이어져 있지
나는 얼마나 멀리 왔을까
또 그 사이 얼마나 달라졌을까
또 어떤 도전을 하며 달려가고 있을까
사다리 게임을 하듯
선을 그리며 따라간 길 끝엔
죽도록 고생만하다 떨어지고 마는 마른 가지 끝도 있고
무성하게 푸른 잎들처럼 기쁨의 열매도 있었지
내 걸어온 길을 돌아보고
내 걸어갈 길을 내다보는
지극한 본질에 가까운 사유가 그러하듯이
흥미로운 탐구에는 뿌리가 있지

마
중

봄비 기다림으로 당신을 마중합니다

흙내음 그리움으로 당신을 마중합니다

초록 설레임으로 당신을 마중합니다

구름 없는 청정함으로 당신을 마중합니다

햇살 가득 감사함으로 당신을 마중합니다

맑은 꽃눈 하나 사랑으로 당신을 마중합니다

손
님

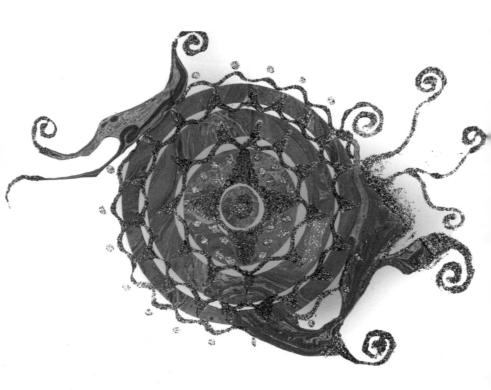

새벽 명상 후 나를 찾아오시는 님
오늘은 어떤 님이 오셨나
그냥 문을 열고 맞이한다

어떤 날은 분노
어떤 날은 미움
어떤 날은 사랑
어떤 날은 기쁨
어떤 날은 평온함
어떤 날은 고통
어떤 날은 서글픔
어떤 날은 혼란스러움
어떤 날은 정지 상태

좋아하거나 싫어하는 마음없이
모두 내 집에 찾아온 손님으로
극진히 대접하니
기뻐하며 돌아가시네

예
불

새벽 별이 밝게 빛날 때

몸을 일으켜 마음을 활짝 열고

자유와 열정의 감성을 되새깁니다

욕심과 분수를 알아차리고

사물을 둘로 나누어 시비분별하는

편가름의 마음 떨쳐버립니다

마음의 경계를 허물어

삼천대천세계의 바다에서 헤엄칩니다

몸의 통증과 마음의 고통을

조심스레 살피며 다만 알아차립니다

삶은 언제나 괴로움이니

부딪치고 즐기며 행복을 찾습니다

미우면 미운대로 고우면 고운대로

온전한 참나를 만납니다

깊은 사랑과 지혜를 가르쳐준

당신께 지심귀명례합니다

호흡

숨을 들이쉬면서 들어가는 줄 알고
숨을 내쉬면서 나가는 줄 알고
가만히 호흡을 알아차리면
내 호흡은 사라진다

호흡이 사라진 자리에
감각에 깨어있다
머리 끝에서 발끝까지
온 몸 여기저기 감각에 깨어 있으면
텅빈 나를 만난다

텅빈 그 자리 나를 고집할 아무것도 없다
그래서 무엇이든 할 수 있다
무아는 그런 거다

촛불

촛불 하나 밝히듯 마음자리 밝히고
복은 지은 만큼 받고
작은 것에 일희일비一喜一悲 하지 않고
무아를 알아 고집하지 않고
무소유를 알아 적당함을 알고
살아있는 생명을 빼앗지 않고
주지 않는 남의 물건을 훔치지 않고
원하지 않는 것을 남에게 강요하지 않고
남을 속이거나 이간질시키지 않고
맑은 정신으로 수행정진 하고
……
마땅히 하지 말아야 할 것은 하지 않고
마땅히 행해야 할 것은 행하며

알
아
차
림

매 순간 일어나는 감정을 다만 알아차리면
봄눈 녹듯 사라진다
몸을 곧추 세우고 앉아 눈을 살며시 감고
들숨과 날숨에 집중하며 알아차리기 연습을 한다

걸어갈 때에는 걸어가는 것을 알아차리고
멈출 때에는 멈추는 것을 알아차리고
바람이 목에 감기면 바람을 알아차리고
햇살이 등을 비추면 따뜻함을 알아차리고
코끝이 간질간질하면 또 그것을 알아차리고
당신과 함께 걸었던 꽃길이 떠오르고
아침나절 마셨던 커피 향이 떠오르고
봉오리 맺힌 예쁜 화분 책상 위에 놓던 일 떠오르고
이불 속에서 게으름 피우던 그날 아침이 떠오르고
사소한 말다툼에 하루 종일 삐져있던 그날이 떠오르고
당신 없이 홀로 남겨진 앞날이 걱정으로 떠오르고

다만 알아차리고 내려놓아라
이 모든 것이 망상임을 알아차리고
다시 호흡으로 돌아온다

안부

나는 지금 평안합니다

당신도 평안하세요

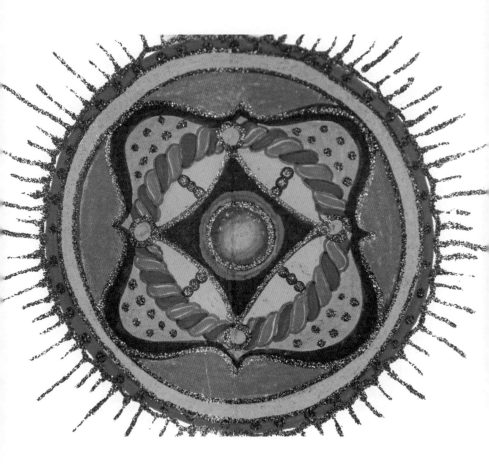

행복

행복도 내가 만드는 일이요
불행도 내가 만드는 일이니
너 때문이라고 말하지 말아요

행복은 누구나 초대를 하지만
응하거나 거부하는 것은
온전히 나의 몫이니까요

존
재

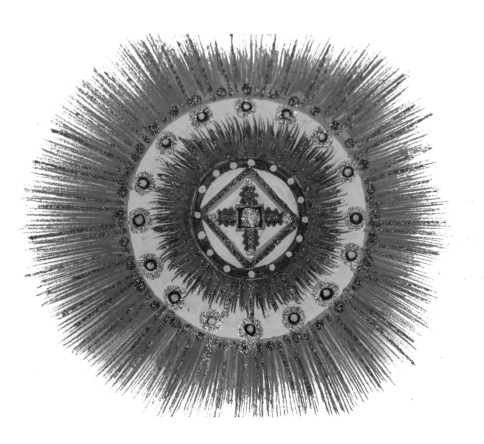

당신의 부드러운 속삭임에
가슴이 콩닥거리고
나는 그대로 달려가
당신의 품에 안깁니다

당신의 무한한 자비로움에
내 안의 상처는 아물고
나는 그대로 달려가
당신의 품에 안깁니다

당신의 사랑스러운 손짓에
내 안의 두려움은 흔적도 없어지고
나는 그대로 달려가
당신의 품에 안깁니다

당신은
이미 내 안에 있습니다

여름 햇살

해가 뜨기 전에
콩밭에 나갔다가
여름 해가 뜨는 아침나절에
뽑아 온 콩대를 말립니다
톡 토독 톡
토독 톡 토독
콩이 터지는 소리입니다
해거름에는
뒤집어 놓습니다
예전에는 도리깨를
하늘 위로 치켜올렸다가
다시 내리치면서
콩타작을 했지만
요즘 시골노인들
그럴 힘도 없습니다
다만 여름 햇살이
콩을 틔워주길 바랄 뿐입니다

고백

나는 당신의 모든 것을 사랑합니다
이미 내 안에 존재하니까요

그래서
밝은 침묵으로
반짝이며 존경하는 마음으로
세상 다 품을 넉넉한 가슴으로
당신을 사랑합니다

미
소

허리를 세우고 바르게 앉는다
눈을 살며시 감는다
몸의 긴장을 풀고 호흡에 집중한다

지나간 슬픔도 떠오르고
바빴던 일상도 떠오르고

입가에 부드러운 미소가 퍼진다
이렇게 편안한 적 있었던가
온몸으로 미소가 흐른다

나를 가만히 지켜본다
나를 가만히 느껴본다

주인

기쁨이 솟아오르든
슬픔이 내리누르든
그것들을 아무리 숨기려 해도
조금씩 삐져나온다

기쁨은 입가에서 흘러나오고
슬픔은 눈끝에서 흘러내린다

지금 이 순간
내 삶의 주인은
바로 나

숨겨서 숨겨지는 것이 아니라면
드러내놓고 친구가 되려 한다

나는 그들과 하나가 된다
바로 지금 여기에서

지
혜

내 몸을 푸른 대숲 자연에 맡기고
내 정신을 높고 맑은 하늘에 맡기고
내 마음을 둥실 구름에 맡기고

온전히 맡김으로
내 영혼은 자유롭게 흐르고
가슴 벅찬 감동의 울림을 만난다

힘들고 지칠 때마다
아름다움과 신비로움 담은
자연의 지혜를 선물받는다

목
표

나는 누구인가?
나는 어디로 가고 있는가?
풀리지 않는 의문에 매달려
칠흑의 늪에서 허우적거린다

포기하듯 몸을 그대로 내맡긴다
바라는 마음도 놓아버리고
저울질하는 마음도 놓아버리고
피 터지며 싸우고 곰팡내 자욱한 세상에
기꺼이 마중 나가 그대로 몸을 맡긴다

내 삶은 그렇게 흘러간다

선물

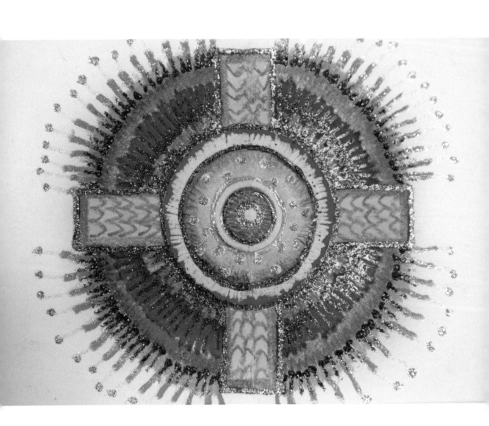

외롭고 우울한 날이 계속된다
그냥 처량하고 안됐다는 생각이 든다
이러다가 문제가 생길지도 모른다
외롭고 우울한 날이 계속된다
이럴 때 어떡하면 좋지

가볍게 등산도 하고
집중하며 그림도 그리고
분갈이하며 화분에 물 주고
묵은 때 털어내며 구석구석 청소도 하고
분주하게 움직이다보면
외롭고 우울할 짬도 없고
잡생각이 끼어들 틈도 없다

묵묵히 걸어온 지난 시간들을 긍정하며
오늘 하루를 선물한다

땡큐,
나의 인생아

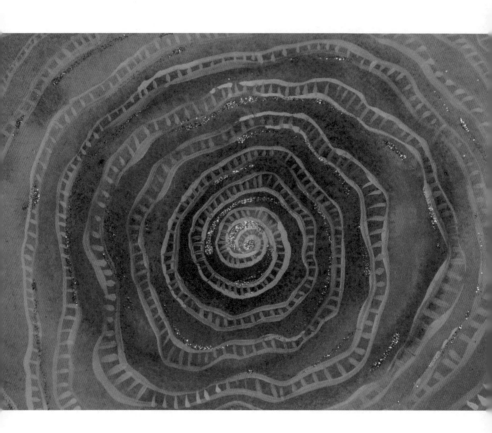

특별히 부족한 것도 없는데
내 안에는 채워지지 않는
허기가 있음을 알게 된다

흘러간 옛일과 더불어
다가올 미래도 불안하지만
지금 잘 살고 있음을 보게 된다

작은 일에도 허둥지둥 하던 어제와 달리
웬만한 일에도 애간장 태우지 않고
느긋하게 기다리는 모습을 알아차린다

오늘도 내 자리에서 달린다
땡큐, 나의 인생아

잡
초
처
럼

어제도 그랬듯이
오늘도 홀로 걷는다

오늘 그러했듯이
내일도 홀로 걷겠지

길가에 숨죽이며 피워낸 잡초 같은 꽃들은
누가 봐준다고 기뻐하는 것도 아니고
아무도 쳐다보지 않는다고 슬퍼하지도 않고
그냥 피어있다

길가에 핀 잡초처럼
홀로 걷는다

기
다
림

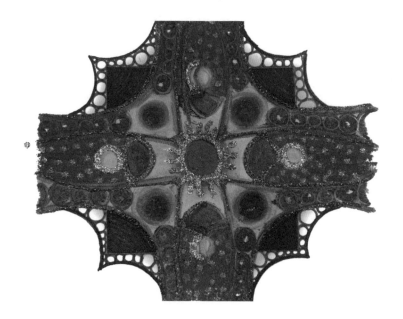

뜨거운 햇살 속에 벼가 견디는 것은
가을에 쌀을 기다리기 때문이지

가을 들판을 생각하며
시작할 때의 겸허함으로 돌아가자

남들이 인정할 때가 아니라
스스로 만족할 때까지 그려보자

누구도 상상할 수 없는 신비로움을 맛보며
다만 그릴 뿐

안
경

살아가는 동안 세상을 만나고
다시 세상을 통해 삶을 배운다

나약함과 어리석음은
세상 속에서 새로운 활력으로 단련되고
삶의 고비마다 마주한 세상은
내 영혼을 살찌운다

가족과 어머니
벗들과 스승
내 삶을 인도하는 등대는
대롱을 버리고 하늘을 보라 하네

지은이 민보현

인간 정신의 진수를 글과 그림으로 수놓는 작가.

민보현의 작품은 흘러가는 시간의 찰나를 보여준다. 어떠한 모습이든 자신의 삶을 절절히 사랑하며 그 속에서 침묵으로 사유하고 비워내는 장면은 보는 이에게 신선한 감동과 에너지를 불러일으킨다. 만물에 대한 따스한 사랑의 고백이 가득한 작품은 마음을 치유하는 힘이 가득하다.

1969년 서울에서 태어났다. 대학원에서 상담심리학과 미술치료를 전공하고 현재 Master of yoga of the Voice, Synchronicity Music Meditation Master, 한국 사진예술치료학회, 미술심리치료학회 이사 및 Supervisor, 이로움 예술심리치료 연구소 소장, 여러 기관의 미술심리치료사이다. 제19대 대통령선거 불교문화발전특별위원회 수석 부위원장을 역임했으며 대한불교조계종 포교원 불교인성계발인증위원회 위원, 국제협력개발NGO 위드아시아 이사 등으로 활동하고 있다.

대한민국 전각만다라 명인으로 국내외에서 전각만다라 전시를 열었으며 국내 회화전에서 여러 차례 작품상을 수상한 바 있다.

기억의 섬-치유의 전각만다라 개인전
국제아트붓다페스티벌 전각만다라 전시
대한민국 회화전 장려상, 특선수상 외 다수
국토해양환경을 위한 오늘의 작가전 최우수작가상, 우수작가상
국제현대미술대전 동상
대한민국명인미술대전 최우수상, 우수상, 특선수상 외 다수
아세아국제 미술제 단체전-중국 칭다오 문화 전람전
국제 국토해양환경미술대전 우수상
평화예술대전 우수상 외 다수